# BrickTube

MadBrickMotion

FISCHER Taschenbuch

Bringen Sie Ihre Bildschirme in eine aufrechte Position und legen Sie Ihre Sicherheits-Firewall an, denn nun beginnt unsere ereignisreiche Reise durch die verlockenden Weiten des Internets, wo alles möglich zu sein scheint, wo sich Wahrheit und Täuschung die Hand schütteln und wo aus jemandem, der gewöhnlicher kaum sein könnte, ein Superstar wird. Und das alles in Klötzchenoptik! Krass, oder?

Hi, ich bin Matt!

Wollt ihr wissen, wie ich es geschafft habe, erfolgreicher BrickTuber zu werden? Dann bleibt jetzt dran, liket dieses Buch und teilt es mit euren Freunden!

Schon seit ich klein war, träume ich davon, ein großer Filmemacher zu werden.

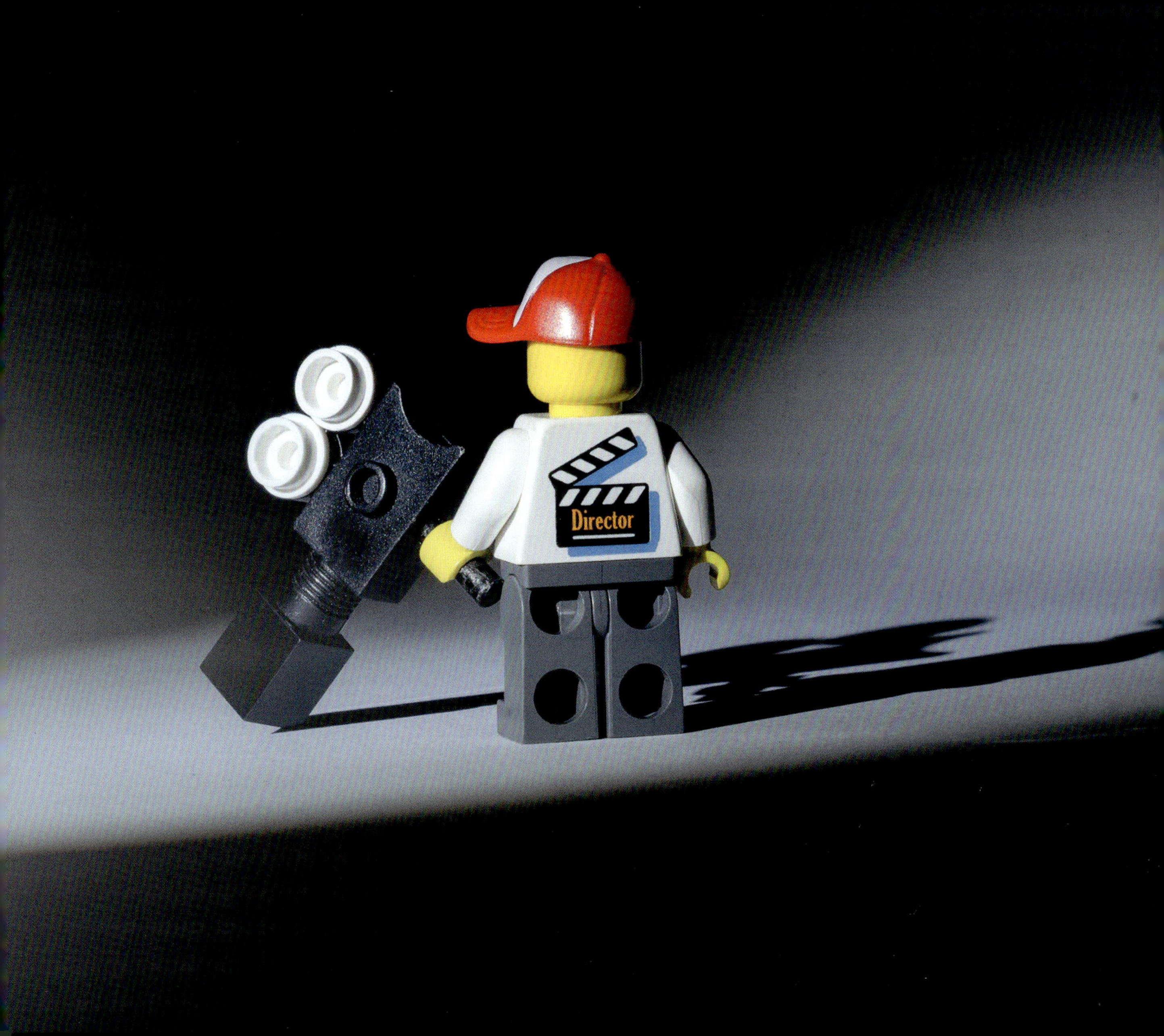
Director

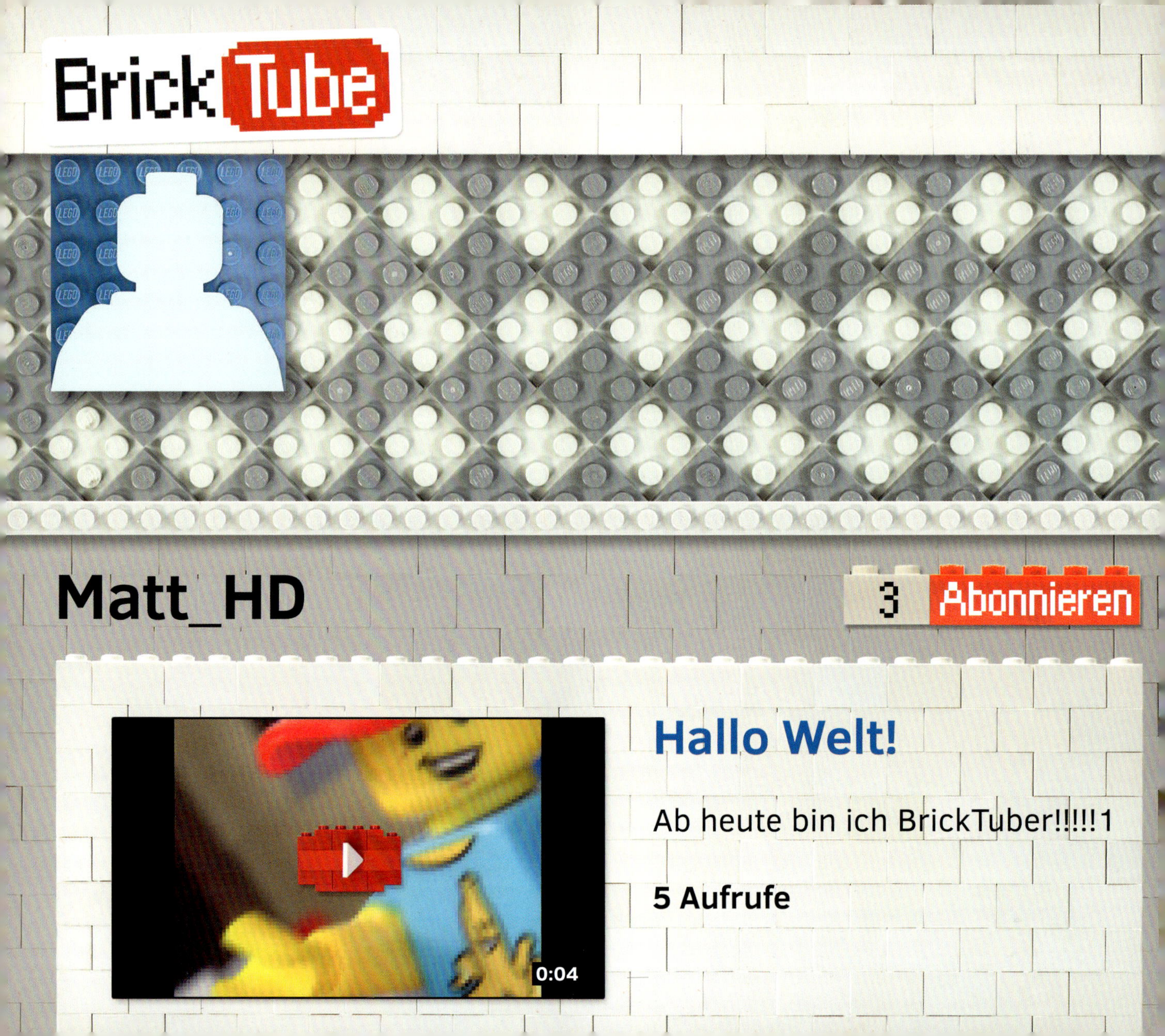
BrickTube
Matt_HD
3 Abonnieren
0:04
Hallo Welt!
Ab heute bin ich BrickTuber!!!!!1
5 Aufrufe

Und wo könnte man damit besser beginnen als auf BrickTube!?

Zuerst musste ich meine Eltern von meinen neuen Karriereplänen überzeugen, da ich mir von ihnen Geld für das ganze Equipment leihen wollte.

Mach doch lieber wat vernünftjes, mien Jung.

BrickTube

mit!
Windows95

Equipment ist das A und O auf BrickTube! Nur wer eine gute Ausrüstung hat, kann gute Videos produzieren.

# UNVERZICHTBARES EQUIPMENT:

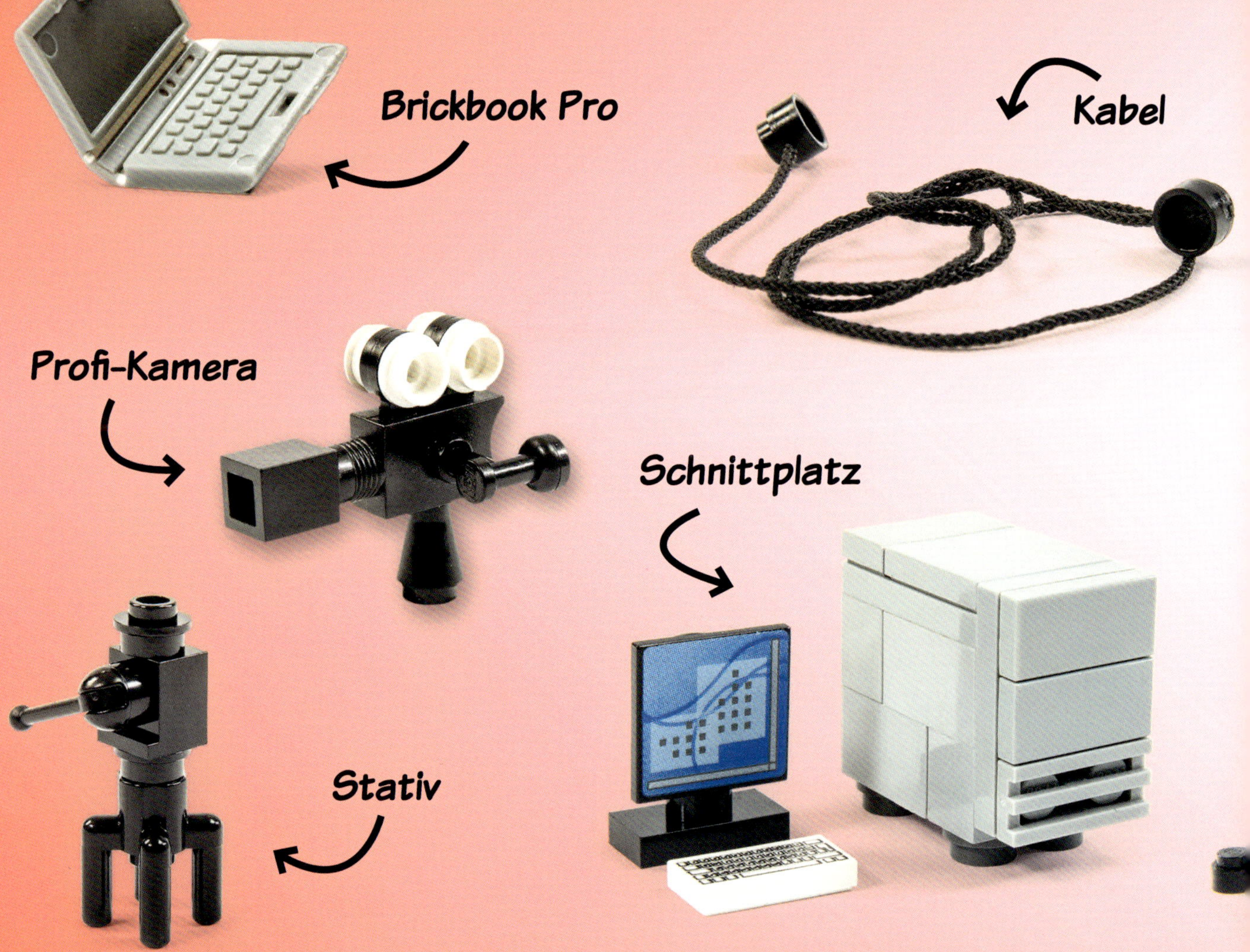

Vlog-Cam
Drohne
Mikrofon
Greenscreen
Softbox
Selfiestick

VORHER

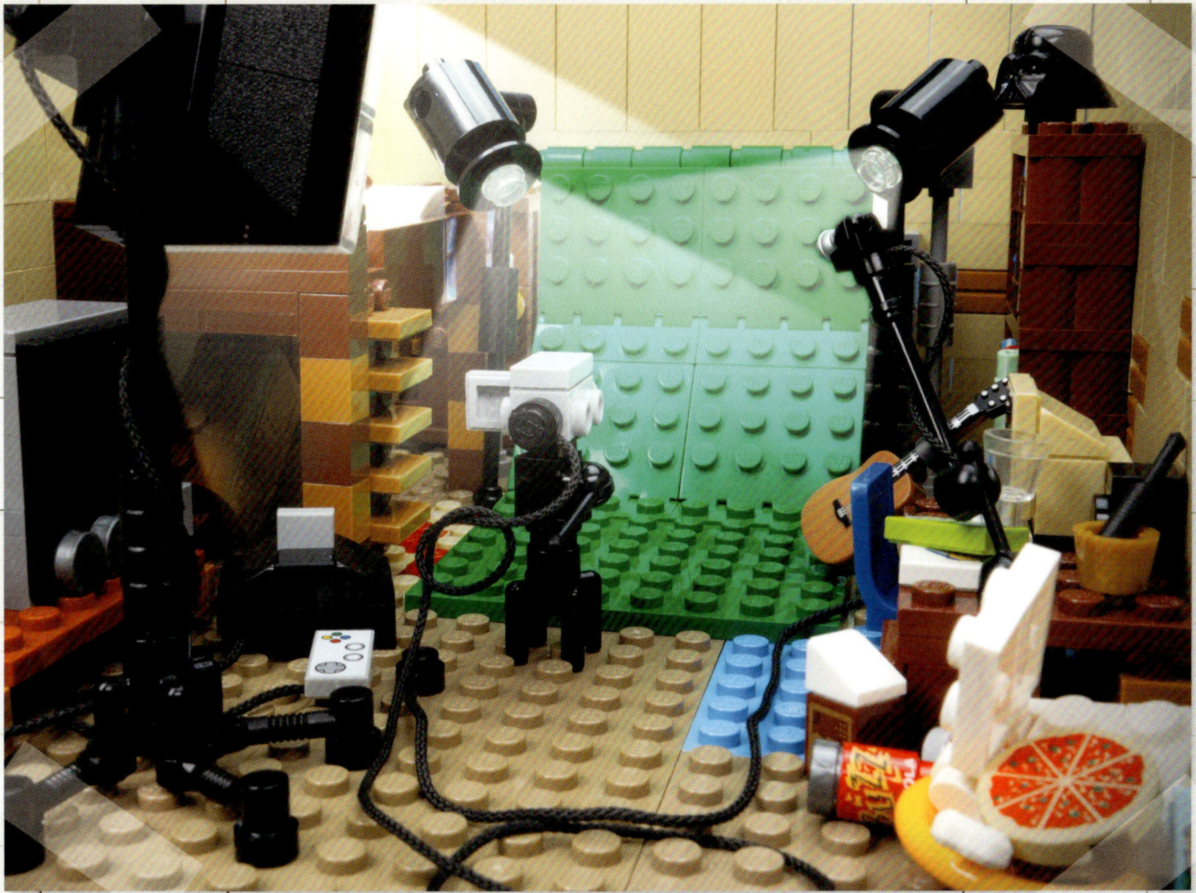

NACHHER

Ich habe rund um die Uhr Videos gedreht und alles bei BrickTube hochgeladen!
Drehbuch

SOKOVIA

Aber egal, wie viel Mühe und Arbeit ich in meine Videos gesteckt habe ... Sie wurden einfach nicht oft angeguckt.

# Videos

**Yawns**
0 Aufrufe

**Man of Wheel**
5 Aufrufe

**The Wiping Dead**
3 Aufrufe

**Jurassic Bark**
1 Aufruf

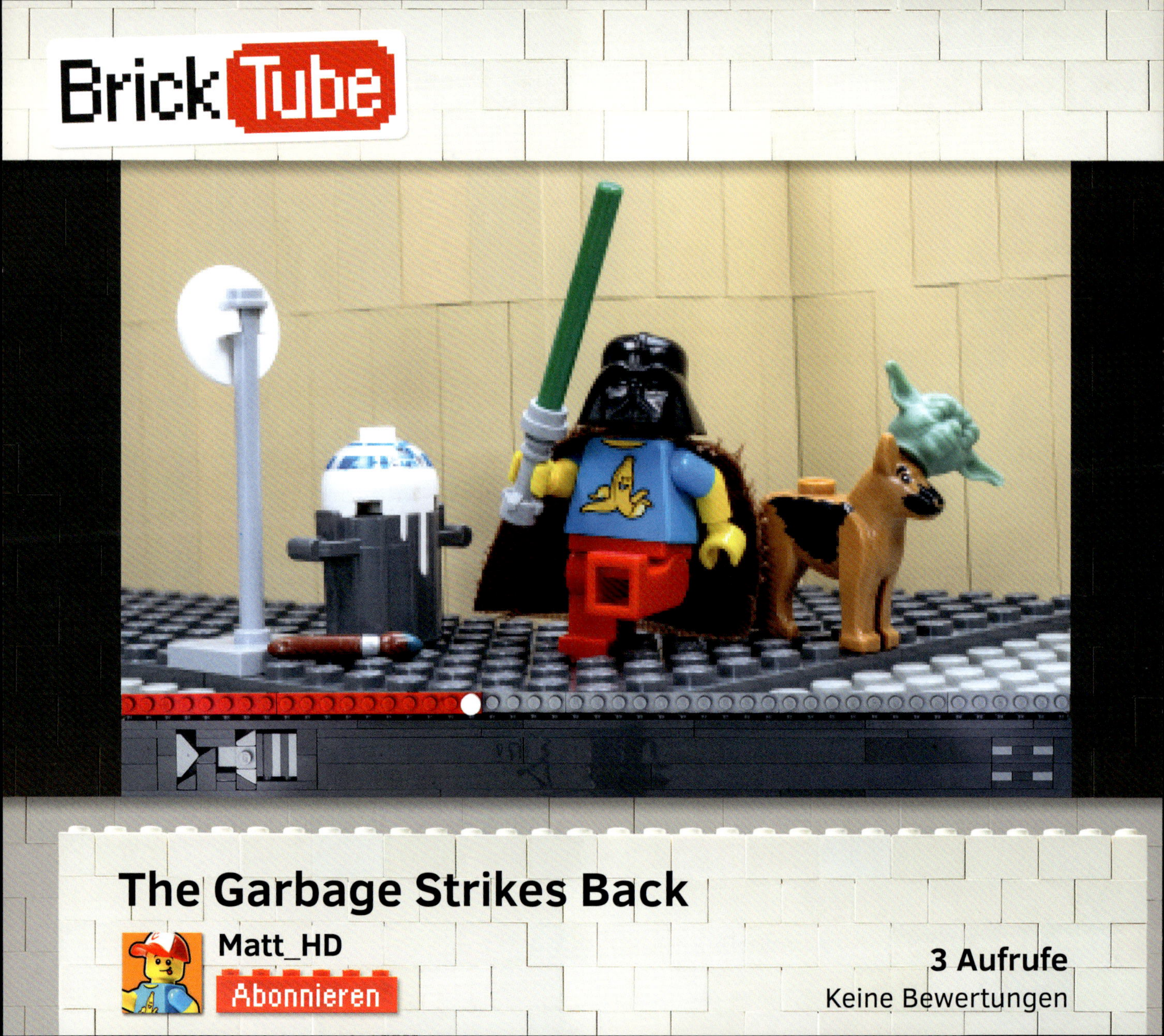
BrickTube
The Garbage Strikes Back
Matt_HD
Abonnieren
3 Aufrufe
Keine Bewertungen

Was mache ich nur falsch?

## 2 Kommentare

**Marianne Brick**

Dein Vater und ich sind sehr stolz auf dich. Aber was sollen die Leute denken, wenn die dein unaufgeräumtes Zimmer im Internet sehen!?

**Ct845rl**

Nice vid.
Visit my channel?

Ich glaube, jetzt weiß ich, wie ich mehr Zuschauer bekomme! Ich muss in ein bestimmtes Format passen! Mal sehen, was es da auf BrickTube so gibt …

♥ DIY Lipgloss-Hacks (+BM-Haul) ♥

Let‘s Play STEINKRAFT #53482

10 Arten von Pranks (OMG!)

Reisen können sich meine Elt …
… kann ich mir nicht leisten.
VLOG: Affe klaut Cam in Namibia

Meine Sportlichkeit würde die Leute nur einschüchtern.
30 KG in 3 Tagen abnehmen - so geht‘s!

Für Wissensvideos … gibt es auch nicht genug Zuschauer.
c
b
a
f² = a²+b² → f = √a²+b²
d² = c²+f²
Die WAHRHEIT über unsere Realität

Vielleicht gibt es ja noch eine andere Möglichkeit. Heutzutage ist doch jeder auf Social Media Plattformen unterwegs! Das wollte ich mir zunutze machen!

Matt_goes_social
2 Likes
Das habe ich heute an.
#outfitoftheday #20likes
#like4like #modebewusst
#ohnefilter #instalike #style

Matt_goes_social
5 Likes
Hier laufe ich rum.
#photooftheday #amazing
#aliens #follow4follow
#follow #me #ufo #selfiestick

Matt_goes_social
0 Likes
Das habe ich gegessen.
#food #gesundesFrühstück
#breakfast #ichverhungere
#hauptsacheeinbildgepostet

Matt_goes_social
3 Likes
Das ist mein Auto!
#swag #happy #truestory
#followme #krassekarre
#tagsforlikes #cool

Ach, wenn das alles nicht klappt, frage ich doch einfach mal die großen Stars selbst, wie das auf BrickTube so läuft. Am besten gehe ich gleich mal zum nächsten BrickTube-Event!

XXL VideoCon

fairNETZT
i bims #1
Ice Cream
Octan
100

Hm, die Frage ist: Wer von denen ist BrickTuber und wer ist Zuschauer?

Leider gab es viel zu viele Absperrungen und viel zu lange Schlangen. Ich kam gar nicht erst bis zu den großen BrickTubern.

Da komme ich doch niemals durch ...

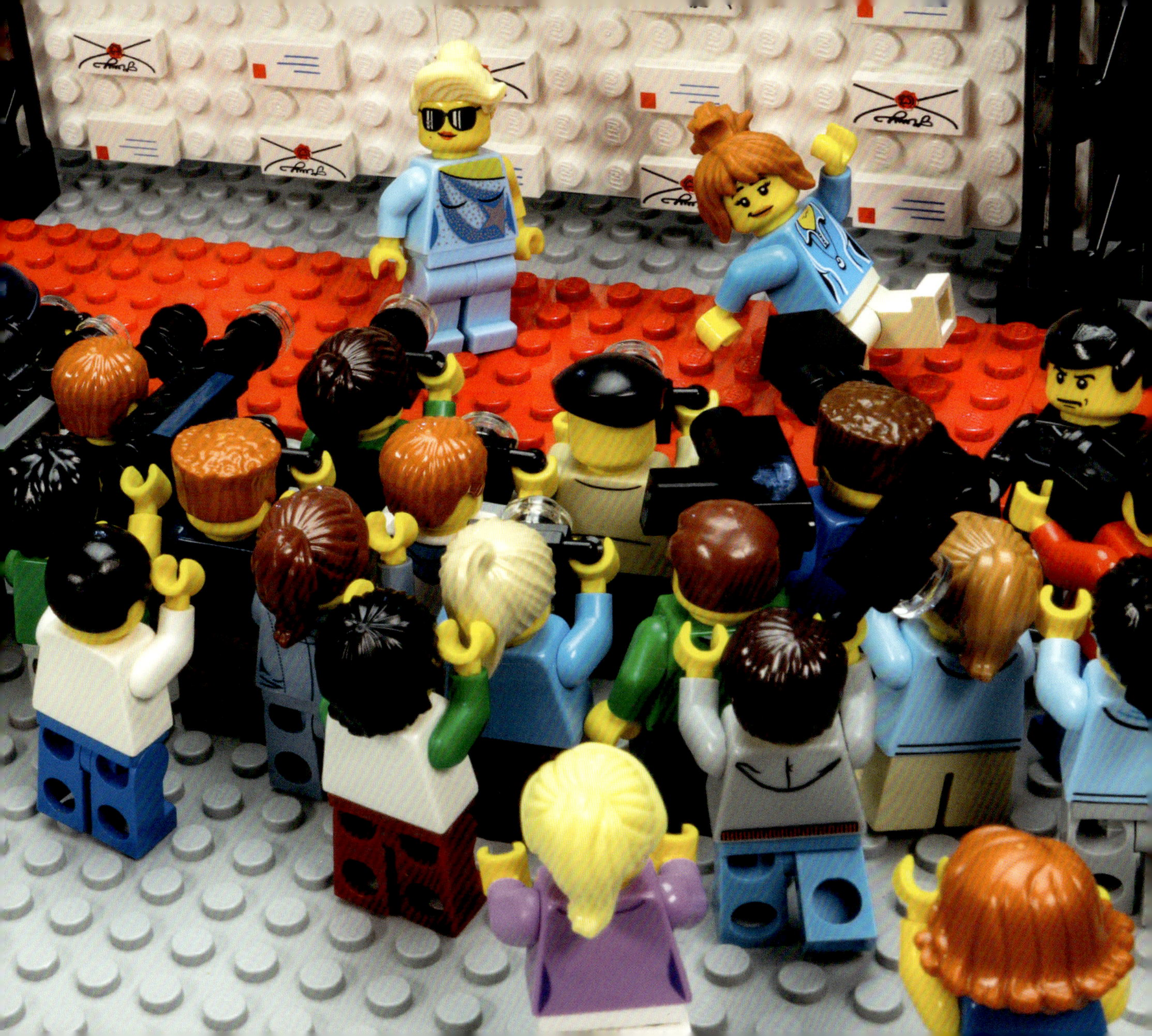

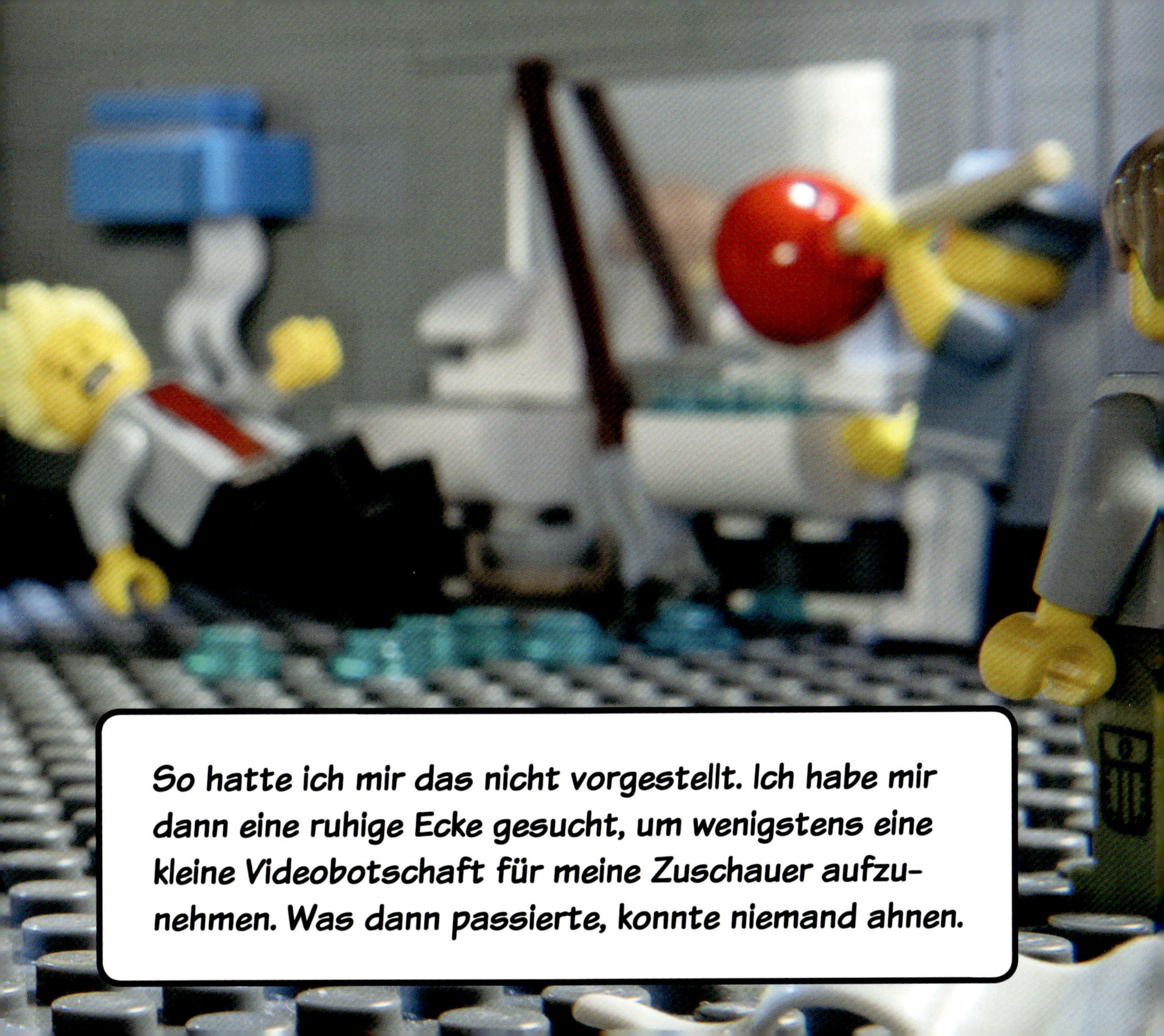
So hatte ich mir das nicht vorgestellt. Ich habe mir dann eine ruhige Ecke gesucht, um wenigstens eine kleine Videobotschaft für meine Zuschauer aufzunehmen. Was dann passierte, konnte niemand ahnen.

BrickTube
Nicht viel los auf der BrickTuber-Convention
Matt_HD
Abonnieren
301+ Aufrufe

# EIN BERÜHMTER BRICKTUBER!

# 254 Kommentare

**TinyDevil666**
Warum hast du so wenige Abonnenten?
Du hast viel mehr verdient!!!

**<3Rainbooow<3**
Tolle Videos! <3

**RiesenHaiDüDüDüm**
Dieser Detailreichtum in solch einer Einfachheit ist großartig umgesetzt. Man merkt, was du uns als Zuschauern im Subtext mitschwingen lassen möchtest. In den Bann der aufregenden Schnitte gezogen … **Mehr anzeigen**

**KlausInDaHaus**
Du bist jetzt schon mein Lieblings-BrickTuber!

Günther Gutmensch | fairNETZT GmbH
Wir finden deine Videos super!
Willst du nicht unserem Netzwerk beitreten?
P.S.: Bei uns gibt es Kekse!
Matt_HD
Ja klar, warum nicht!?

Ich wurde von einem echten BrickTube-Netzwerk eingeladen und durfte sogar gleich einen Vertrag unterschreiben!

fairNETZT

## Vertrag

zwischen **fairNETZT GmbH**
und **Matt Brick**

fairNETZT

§2.68 **Produktion**
Du produzierst 2,8 Videos pro Tag.

§5.84 **Gewinnaufteilung**
Matt: 5 % Netzwerk: 95 %

§7.09 **Kooperationen**
Für 200€ machst du alles, das ganze Programm.

§12.55 **Vertragslaufzeit**
Bis zum Lebensende deines elften Nachfahrens

Unterschrift:

M.Brick

BEE
I ♥ HLC
THE LEGO NEWS

100
Mir wurde ein eigener Content-Manager zugeteilt, der sich nur um mich und die Optimierung meines Kanals kümmert. Er hat mir gleich ein paar super Tipps gegeben, wie meine Videos noch besser werden.

BRICKTUBE CRASHKURS:
KOPF AUS, KAMERA AN!
Denk immer daran, deine Videos so zuschauerfreundlich wie möglich zu gestalten!

Deine Zuschauer wären sehr enttäuscht, wenn sie ein Video von dir übersehen würden, also sorg dafür, dass das gar nicht erst passiert!

An Hashtags solltest du nicht sparen. Jeder liebt Hashtags.

Smileys im Thumbnail vermitteln den Zuschauern gleich die Stimmung des Videos.

Zum Glück ist der Elefant nicht ausgebrochen!
Elefant aus 1 Zoo AUSGEBROCHEN?
Gestalte deine Videotitel so interessant wie möglich, damit deine Zuschauer sehen, wie kreativ du bist.

BrickTube

## Matt_HD

102.858 Abonnieren

### 10 Dinge über Matt_HD (Bin ich schwanger?)

Abonnieren, kommentieren, Daumen hoch, 5 Sterne!

**390.580 Aufrufe**

Abonnieten

Wow, bin ich jetzt echt so ein cooler Typ, dass die Leute von mir schon Autogramme wollen?
Scheinbar ja.

# 5.347 Kommentare

**PandaMan14**
2023 wer schaut es immer noch?

**Sch4rfz4hn**
Woh bleipt deins neures vidio.
du Lauch.

**GreatMasterKillerLP**
1.

**Phteve2009**
Mach mal was über Steinkraft!
Liket, damit er es sieht!

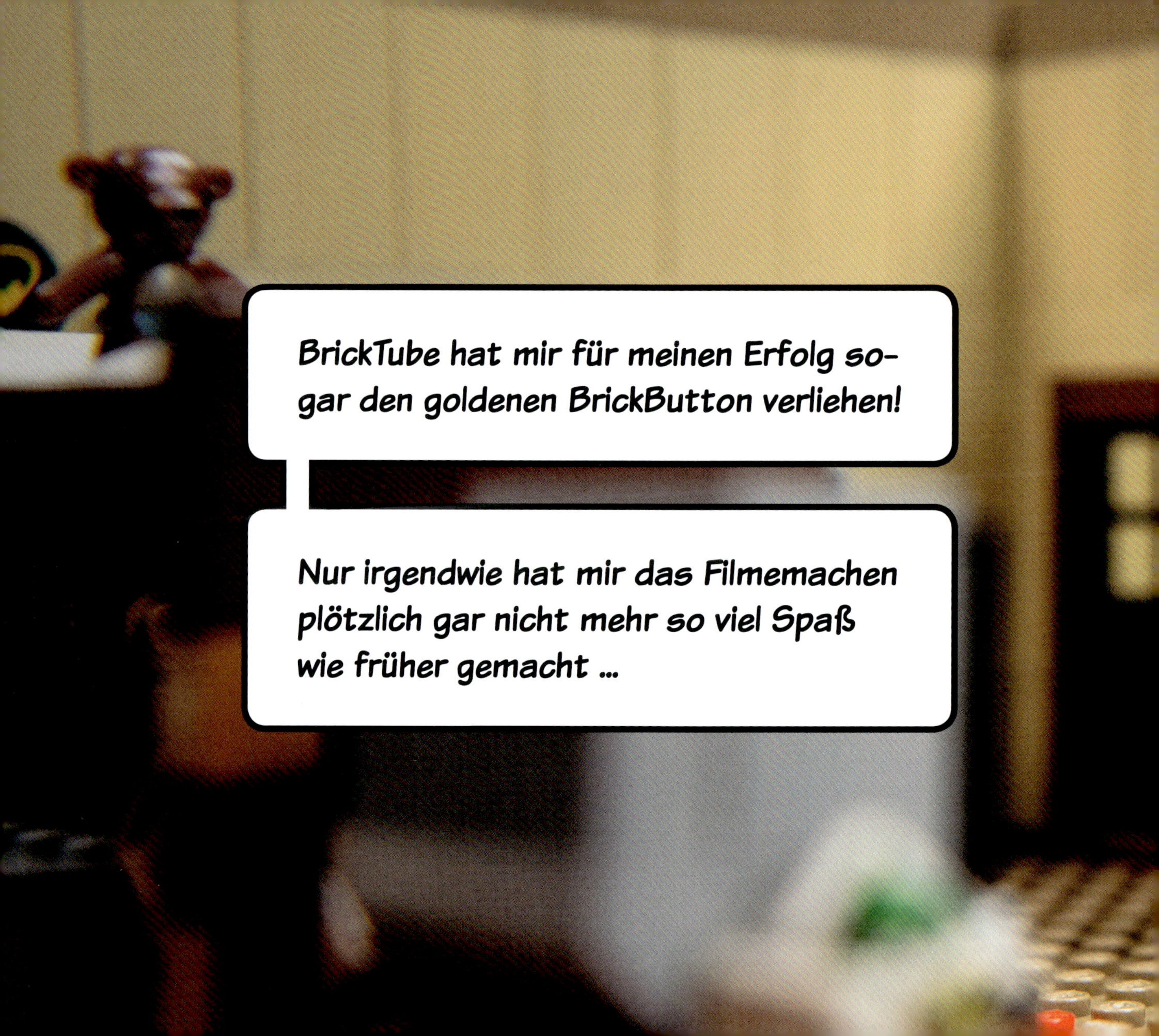
BrickTube hat mir für meinen Erfolg sogar den goldenen BrickButton verliehen!
Nur irgendwie hat mir das Filmemachen plötzlich gar nicht mehr so viel Spaß wie früher gemacht ...

Ich wollte gerne mal wieder ein aufwändigeres Video wie damals drehen und habe bei meinem Netzwerk nachgefragt, wie sie diese Idee finden.

Es wäre besser, wenn du so weitermachst wie bisher. Das lieben deine Fans nunmal! Du kommst noch ganz groß raus!

1
2
3
4
Matt_HD
MATT
BrickTube
Matt Brick
Matt_HD
Dub Di Da

Gut, dass ich weitergemacht habe. Ich durfte meine eigenen Fanartikel rausbringen!!! Die Leute haben einfach alles gekauft, wo ich meinen Namen draufgeschrieben habe!

Oh, wow ... schon wieder ein BrickTuber, der ein Buch geschrieben hat ... Wie einfallsreich ... *räusper*
Willkommen bei den Bricking News! Hier ist das neueste Meisterwerk von dem berühmten BrickTuber Matt Brick!

BRICKING NEWS
BrickTube
KOPF AUS, KAMERA AN!
Matt Brick

Knebelvertrag

Wie es der Zufall so will, habe ich einen netten Herren kennengelernt, der gerne sein Produkt auf meinem Kanal vorstellen würde. Ich sollte sogar Geld dafür bekommen! So eine Ehre!

BrickTube
Unterstützt durch Produktplatzierung
Das beste Bier aller Zeiten! #ad
Matt_HD
Abonnieren
379.061 Aufrufe

100
100
100
100

Jetzt hatte ich es also geschafft. Jede Menge Fame, einen Haufen BrickTube-Money und keine Sorgen mehr … oder?

BRiCK
STARS
Skandal!
Macht Matt_HD jetzt
ALLES fürs Geld!?

Kiosk
EGO NEWS
Financial News
MONSTER

## 12.756 Kommentare

**Kevin99**
Früher waren deine Videos irgendwie besser :(

**KuhlCheckerBabo**
Du bist voll lw geworden!

**Max Mustermann**
BoAH, Isch hase dicH foll!!1!1

**Ameisen23**
Kriegst von mir ‘n Deabo!!

Oje … Kann es sein, dass ich irgendwie von meinem Weg abgekommen bin?

Ich glaube, es gibt wichtigere Dinge auf der Welt als Reichtum ...

Zum Beispiel, seiner Leidenschaft zu folgen!

BrickTube
Ab jetzt wird alles anders!
#KLARTEXT
Matt_HD
Abonnieren
5.417.904 Aufrufe

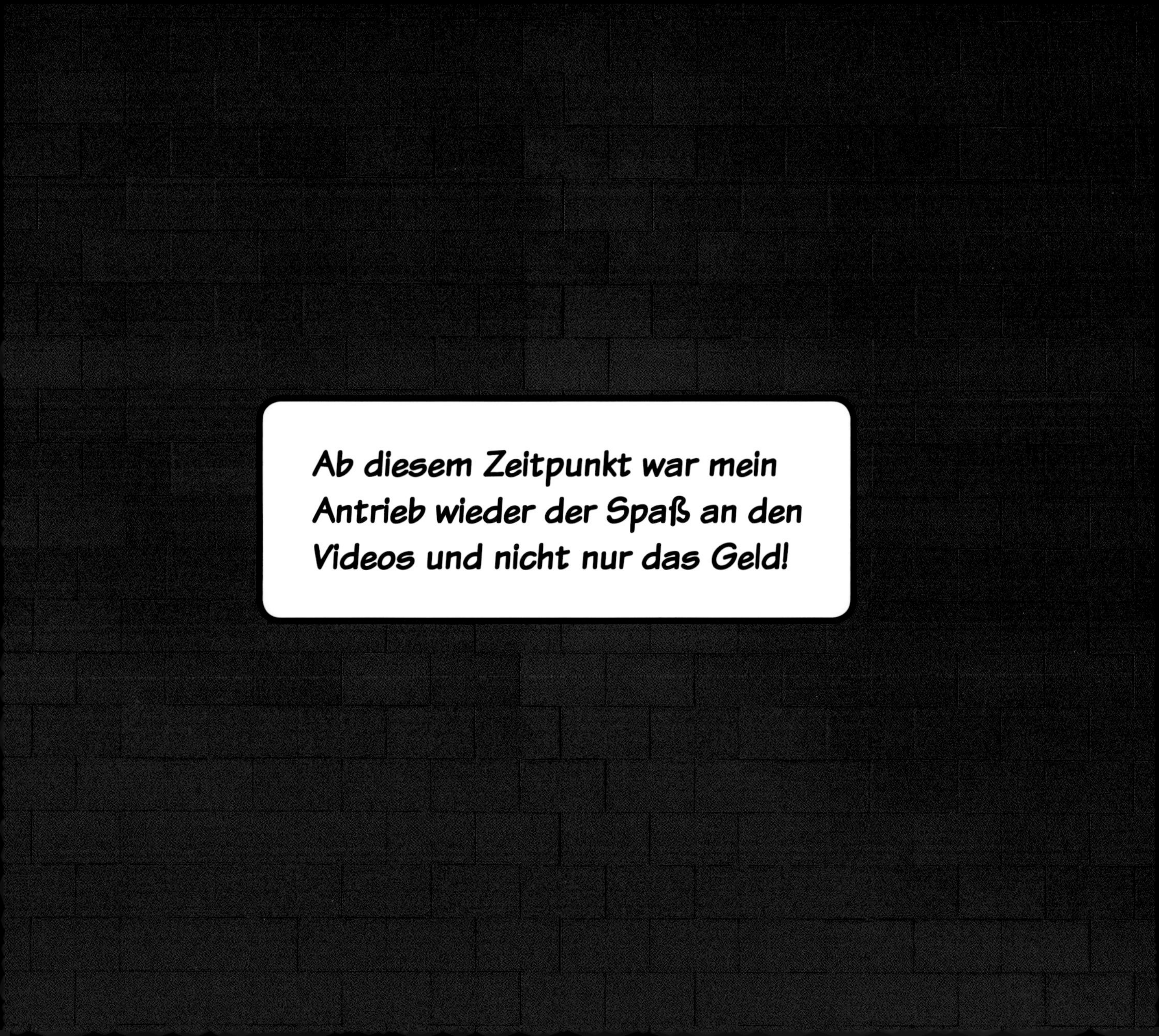
Ab diesem Zeitpunkt war mein Antrieb wieder der Spaß an den Videos und nicht nur das Geld!

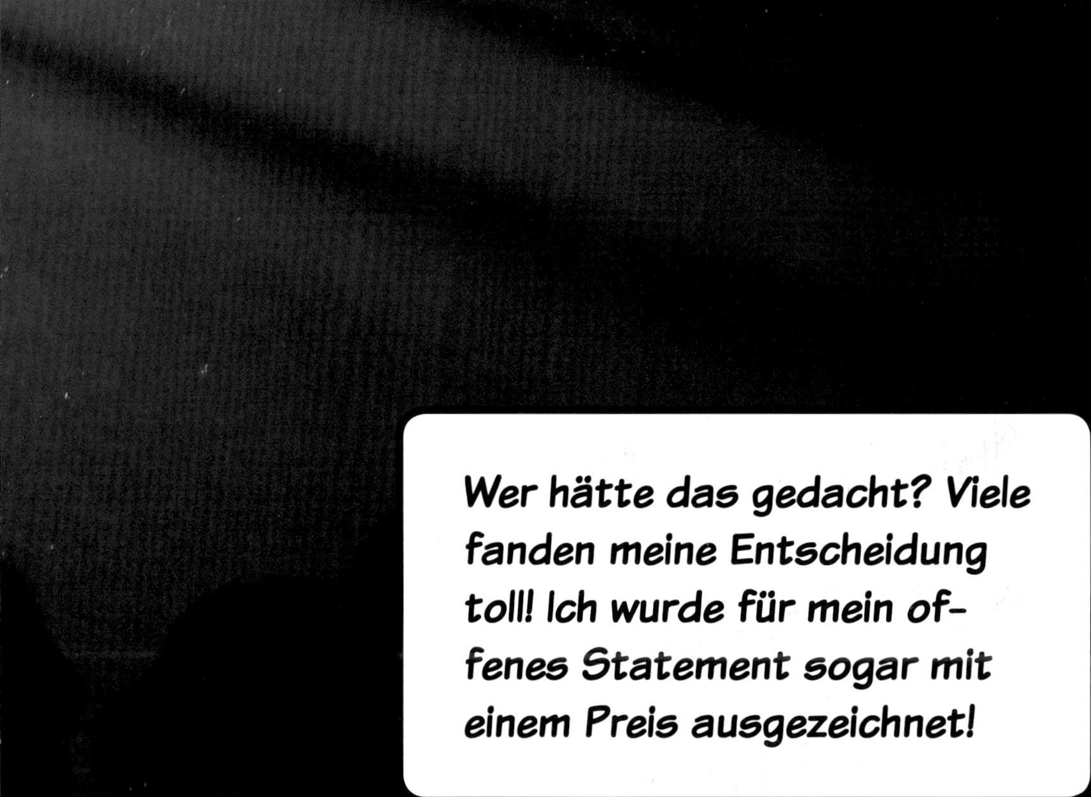
Wer hätte das gedacht? Viele fanden meine Entscheidung toll! Ich wurde für mein offenes Statement sogar mit einem Preis ausgezeichnet!

Aber ...

Der ganze Ruhm ist zwar toll, hat aber auch seine Schattenseiten.

Eigentlich will ich doch nur Filme machen.

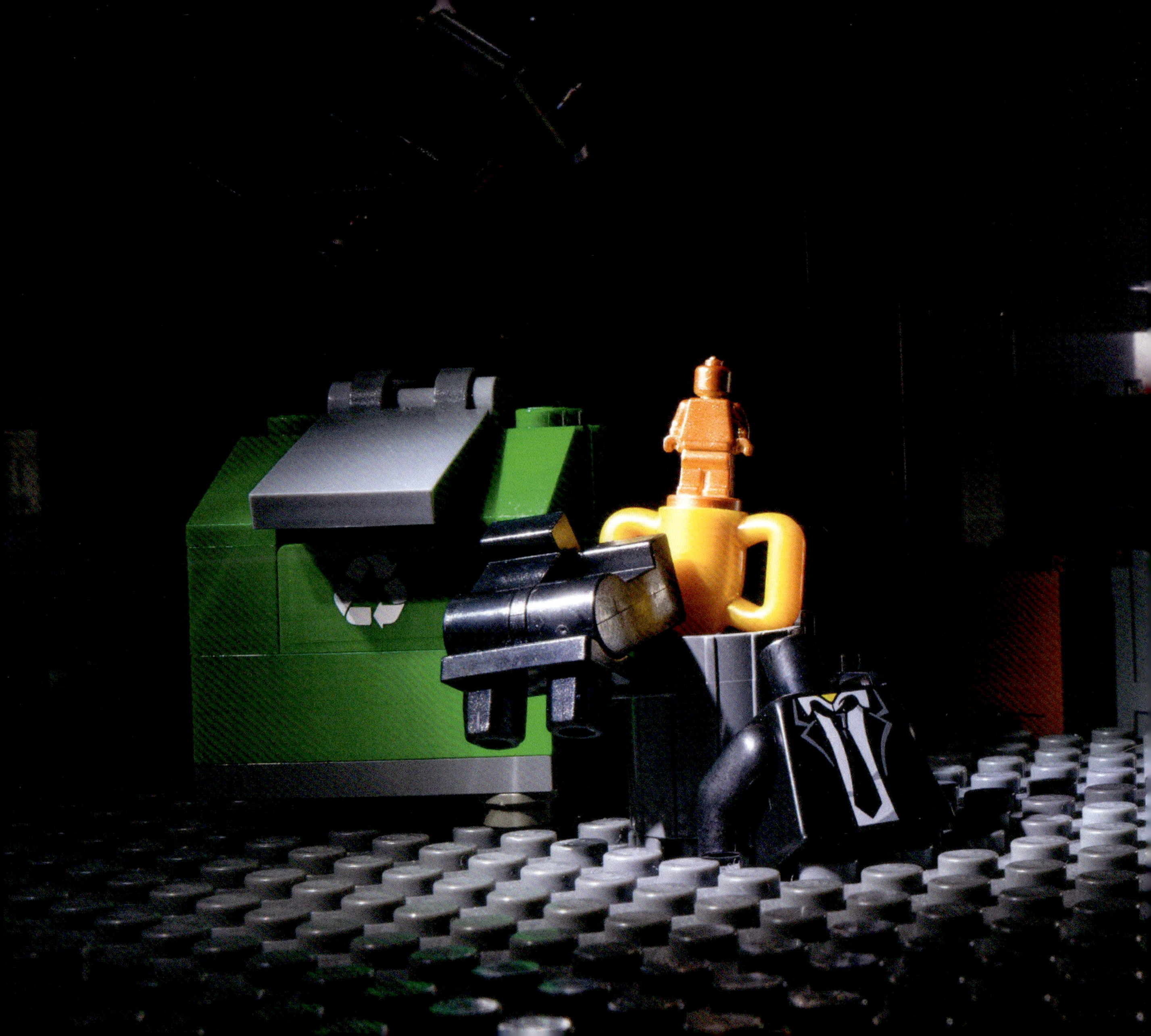

BrickTube

# Matt_HD

## Matt_HD

68.381 Abonnieren

### Ich bin wieder da!

Ab heute bin ich wieder der alte Matt_HD!!!!!1

**5.926 Aufrufe**

# 156 Kommentare

**AdventureMan98**
Schön, dass du deinen alten Videos treu bleibst!

**EvilChicken151**
Deine Videos werden Kult!

**JocheTacco44**
Bekommst ein Like!

**YetiTheJedi**
Warum haben Kanäle mit so tollen Videos auf BrickTube so wenig Abos? Versteh‘ ich nicht.

Also Leute, Geld und Ruhm sind nicht alles. Macht das, was euch Spaß macht!

Jetzt aber genug gelesen. Zurück an eure Bildschirme und schön BrickTube gucken!

BrickTube

MBM

MAD BRICK MOTION

LEGO STOPMOTION

## MadBrickMotion

50.000 Abonnieren

## Habt ihr etwa noch nicht genug?

Dann schaut doch mal auf unserem Kanal vorbei:
**YouTube.com/MadBrickMotion**

**1.309 Aufrufe**